註東坡先生詩

卷十三

明徐獻忠吳興掌故集云注東坡詩四十二卷年譜目錄各一卷司諫施元之字德初與吳郡顧景蕃共爲之元之子宿推廣爲年譜陸放翁序顧禧此明言年譜目錄各一卷與文獻通考同而商邱刻本乃云施氏未有譜而無考何也

庚戌十二月十九日諸君集蘇齋拜公生日揚州羅聘兩峰作蘇齋圖方綱記

乾隆辛丑五月嘉善周震榮拜觀

壬寅五月嘉善謝墉

海陽鄭澐乾年玉堂

曾同觀於蘇齋

郡守蘇軾山人張天驥詩僧道潛月
中遊

右石刻在徐州府治東南百步洪洲上有
蘇墨亭覆之

元豐元年戊午仲冬雪後与二三子携乃惠山
泉烹鳳凰山巖下

右在蘇齋亭上一逕大石上

註東坡先生詩卷第十三

吳興施氏

吳郡顧氏

詩四十一首 時守彭城

初別子由

我少知子由天資和而清 風俗通范滂資聰敏 好學老益堅表裏漸融明豈獨為吾弟要是賢友生 毛詩[illegible]不見[illegible]年微言誰

坤泯山[illegible]計[illegible]率失身

為壇酒[illegible]后德宗[illegible]日[illegible]微行西明寺宋濟方[illegible]僧曇昇妙書[illegible]上日皆大茶求

一椀濟曰鼎[illegible]有茶[illegible]可自潑之又問曰作何事業退何姓行濟曰姓宋第

五應進士舉[illegible]吏間呼官家濟皇恐起拜上曰宋五大坦率後間禮部放榜下令採

濟無名曰宋五又坦率也**會合亦何事**文選曹子建七哀詩升沈各異

勢會合何時諧**無言對空枰**方言曰投博謂之枰文選韋弘嗣博弈論

所志不出一枰之上所務不過方罫之間文選諸本枰從手披耕切李善本從木皮

兵切唐韻云枰博局也枰彈也**使人之意消**莊子田子方篇東郭順子

其為人也正容以悟物使人之意也消**不善無由萌森然有**

六女包裹布與荆後漢梁鴻傳妻荆釵布裹南史范雲傳江祏欲求雲女昏姻取剪刀為聘及祏貴雲曰昔與將軍俱為黃鵠今將軍化為鳳凰荆布之室理隔華盛因出剪刀還之無憂賴賢婦蒸藿等大烹漢司馬遷傳蒸藿之羹文選曹子建七啓予甘蒸藿未暇此食周易大亨以養聖賢使子得行意史記趙世家范蠡曰君行令臣行意青衫陋公卿白樂天詩江州司馬青衫濕明日無晨炊漢韓信傳晨炊蓐食杜子美稻畦水歸[illegible]林作詩晨炊定王[illegible]鳥韓退之石鼎聯句序道[illegible]倚[illegible][illegible]鼻[illegible]如[illegible]鳥[illegible][illegible]謂[illegible]雲傳薛宣田野之事

[illegible]留[illegible] [illegible]知風之三

头不…無…志發妖異

昨…忽…卧…詩西…明詩…逝…时歸

來北堂上文選陸士衡擬…詩寢北堂上明月入我牖古屋空

崢嶸杜子美詩古屋畫龍蛇楚辭屈原遠遊章下崢嶸而無地退食慎

相從毛詩委蛇委蛇退食自公入門中自驚南都信繁

會楚辭九歌五音紛兮繁會人事水火爭韓文公集石鼎聯句妄使

水火爭五代史史弘肇傳會飲王章第蘇逢吉戲之弘肇大怒以醜語詬逢吉由是

將相如水火念當閑閤坐漢韓延壽傳閉閤思過頹然寄

聾盲音庚敳傳頹然巳醉妻子亦細事漢黃霸傳偽聾軼於京師

非細事也文章固虛名文選古詩良無磐石固虛名復何益會須掃白髮不復用黃精杜子美丈人山詩掃除白髮黃精在君看他時氷雪容

次韻呂梁仲屯田

雨葉風花日夜稀庾信屛風詩風花直亂回唐文粹孟遲懷鄭洎詩風蘭舞幽香雨葉墮寒滴一杯相屬竟何時韓退之贈張功曹詩一杯[illegible]屬君當歌[illegible]虛豈汝酬[illegible]毛詩投我以木桃報

之[illegible]瑷[illegible]廿[illegible]西[illegible]園芷之[illegible]子與蕭何書歌商不能

任植[illegible]英子達

傷……

駒……蒂……毛詩……風……昆……一……自……貌不……待君

筆……六追雲遏遏矣倉頡臺九毋……武述征記九月九日王登戲馬臺宴百僚賦詩作者百餘人謝靈運詩最為上

章質夫寄惠崔徽眞

張君房麗情集元微之崔徽傳云蒲女也裴敬中使蒲徽一見動情不能忍敬中使回徽以不得從為恨久之成疾

寫眞以寄裴且曰崔徽一旦不及卷中人矣微之為作崔

徽歌世有伊州曲

蓋采其歌成之也

玉釵半脫雲垂耳 李賀詩寒鬢斜釵玉燕光郭子橫洞冥記曰元鼎元年起招靈閣有一神女留一玉釵以與帝帝以賜趙倢伃至昭帝元鳳中宮人猶見此釵共謀欲碎之明日視釵匣惟見白燕直飛昇天華嶽靈姻傳雲髮垂耳

亭亭芙蓉在秋水 文選曹植詩亭亭如車蓋西京雜記文君臉際常如芙蓉李太白流夜郎憶舊游詩清水出芙蓉天然去雕飾白樂天感鏡詩自從花顏去秋水無芙蓉

當時薄命一酸辛 漢孝成許后傳奈何妾薄命李太白樂府有薄命篇杜子美詩[illegible]薄命[illegible]辛

白[?]堂奉君[illegible]

子[illegible]選[illegible]嵇[illegible]士[illegible]食[illegible]汲[illegible]嘉[illegible]曰爲[illegible]

[illegible]直[illegible]子

人妾……公……昔……此……
如丹青脚楊無……葉白……數……宋庠……有千……貴
妃示左右曰如我解語花世間言語……非真知君被
惱更愁絕杜義絕句江上被花惱不徹無處告訴只顛狂以赴奉先詩
放歌頗愁絕句樂天詩所遇皆如此頃刻堪愁絕卷贈左夫鸞去
拙左傳老夫耄矣為君援筆賦梅花北史孫搴傳齊神武西征
搴代李義深作檄文援筆立就其文甚美文選陸士衡文賦慨投篇而援筆聊宣之
乎斯文未害廣平心似鐵唐皮日休桃花賦序余嘗嘉宋廣平
之為相貞姿勁質剛態毅狀疑其鐵腸石心而有梅花賦清便富豔得南朝徐庾體

王鞏屢約重九見訪既而不至以
詩送將官梁交且見寄次韻荅之
交頗文雅不類武人家有侍者甚
惠麗

東坡與王定國鞏倡酬最多皆在諸卷此得其首也定國[illegible]未載[illegible]五卷王鞏[illegible]詩註

知君月下見[illegible]城[illegible]外[illegible]若武李夫人[illegible]北方

有佳人[illegible]城[illegible]得李[illegible]

不言……言一

日而不……一奇……獻……立
而不醉唐韓偓言……六

守之何准曰飲侯袁……專務……兄于
種謂盎曰……卑……濕……絲紘

日飲亡何說
王毋反而已
將軍競病詩鳴南史曹景
宗傳帝於

華光殿宴飲連句令沈約賦韻唯餘競病
二字景宗便操筆賦之斯須而成於是拜

領軍將軍韓退之送孟東野序東野始以
其詩鳴其高出晉魏不懈而及於古其他

浸淫乎
漢氏矣
花枝不共秋歌帽筆陣空来夜斫

營杜子美醉歌行筆陣獨掃千人軍吳志
甘寧傳受勑出斫敵前營至二更時銜

枚出斫敵音佛圖澄傳石勒過枋頭枋頭
人夜說斫營白樂天詩畫聽笙歌夜斫營

愛惜微官將底用文選潘安仁詩豈敢陋微官杜子美獨酌詩苦被微官縛低頭媿野人他年只好寫銘旌禮記銘明旌也以死者為不可別已故以其旗識之杜牧之池州李使君歿後新命到詩粉書空換舊銘旌

臺頭寺雨中送李邦直赴史館分韻得憶字人字兼寄孫巨源二首

李邦直名[illegible]李邦[illegible]見[illegible]第十卷[illegible]熙[illegible]年八[illegible]

[illegible]憶[illegible]重[illegible]曰[illegible]公[illegible]

定之罷

次 以示

汝曰 出 外不忘

室朕始 以 新 人不意

□害民如出令不可不審

□坊郭安待青苗而使者亦

彊與之爭安石勃然進曰苟

從其所欲雖坊郭何害是時

神宗以忠獻之言新法幾罷

由是安石所以沮毀之者甚

至命曾布疏駁所論行下公

又再疏辨論遂誣中丞呂公

著有興晉陽之甲之語以指

忠獻呂既罷忠獻力丐歸守

鄉郡卒差爲行狀乃云時方

推行常平法公言朝廷下令

以百姓不足而兼幷之家乘
其急以邀倍息故貸予以賑
其闕合于先王散專與利之
法令郡縣欲收子錢異令意
遂與條例司章交上乞守徐
州不許忠獻之言與神宗
聖訓可謂深切著明邦直皆
沒其實又曰今王丞相素負
天下重名少許可皆遺公書
謂過周勃霍光姚崇宋璟時
安石在相位方以其術亂天
下是宜有所諱辱不敢直書
反致其侵[illegible]如使[illegible]立觀之
有良[illegible]尋[illegible]石後猶
然[illegible]良外追[illegible]所方
[illegible]回[illegible]大此

[illegible]
憂集行[illegible]主涯百[illegible]歌[illegible][illegible]海[illegible]
歌洪元音紀班危曰音不弄以洞簫自度曲謂無歌聲分判節人窮趣[illegible]妙外序
傳武帝紀傳李夫人時惟[illegible][illegible]之相子註云幼眇猶窈窕也列子秦青撫節悲歌聲振
林木響遏行雲雲為不行天為泣紅葉黃花秋正
亂白魚紫蟹君須憶杜子美解悶詩谿友得錢留白魚杜牧之
出守吳興詩吳谿紫蟹肥憑君說向髯將軍獻帝春秋孫權為張
遼所襲乘駿馬去遼問吳降人曰紫髯將軍是誰曰孫會稽也衰鬢相逢
應不識白樂天詩相逢應不識滿頷白髭須●

珥筆西歸近紫宸文選曹植表執鞭珥筆註戴筆也文選潘安仁贈陸機詩優游省闥珥筆華軒杜子美賦日詩還家初散紫宸朝韓退之元和聖德詩序日與羣臣序二紫宸殿下

太平典冊不緣麟史記孔子世家西狩獲麟曰吾道窮矣乃因史記作春秋

付君此事寧論晉晉陳壽傳撰三國志時人稱其善敘事有良史之才張華深善之謂壽曰當以晉書相付耳

載我當時枉過秦賈誼過秦論見文選史記秦紀漢[illegible]籍傳

皆載其[illegible]公[illegible]臺詩話云清[illegible]國文載賦詩二首[illegible]仁

宗朝魚[illegible]誼漢[illegible]賈[illegible]

斛斗見[illegible]卷丁不真

人集異記鄭[illegible]河一[illegible]有竹[illegible]竿青翠可愛吹曰莫上兩竿風吹[illegible]衣裊入

不能續忽聞家中言曰下有百年人長眠不知曉看君兩眼明如

鏡休把春秋坐素臣韓退之答劉秀才論史書左丘明紀春秋時事以失明杜預春秋左氏傳序說者以為仲尼自衛反魯脩春秋立素王丘明為素臣史記孔子世家孔子曰後世知丘者以春秋罪丘者亦以春秋漢昭帝紀大將軍國家忠臣敢有譖毀者坐之

代書荅梁先

此身與世眞悠悠（白樂天詩外酒一杯眠一覺世間何事不悠悠）

蒼顏華髮誰汝留強名太守古徐州（漢百官表郡守秦官景帝中二年更名太守）

忘歸不如楚沐猴（漢項羽傳韓生說羽都關中羽思東歸生曰人謂楚人沐猴而冠果然）

魯人豈獨不知丘（家語魯人不識孔子聖人乃曰彼東家丘者吾知之矣）

躪藉夫子無罪尤（莊子讓王篇夫子再逐於魯殺夫子者無罪藉夫子者無禁）

異哉沼子[illegible]而脩（三國志魏[illegible]脩[illegible]傳[illegible]有識[illegible]）

有義吾[illegible]通[illegible]達[illegible]

[illegible]

之所馳……韋賢稱
鄒魯大儒子……復明經位至丞相故鄒魯諺曰遺子黃金滿籯不如……賢……
孟節侯小楷精絕規摹歐東坡云……我襄學歐陽公書……
廢學懶且媮漢韓信傳輟作怠惰媮衣靡食顏師古曰媮苟且也畏
見聞事賈長頭後漢賈逵傳自為兒童常在太學身長八尺二寸諸
儒為之語曰問事不休賈長頭別來紅葉黃花秋夜夢見
之起坐愁古樂府飲馬長城窟行遠道不可思宿昔夢見之白樂天因夢
有寤詩平生所厚若昨夜夢見之遺我駁石盆與甌文選張孟

陽擬四愁詩佳人遺我綠綺琴 黑質白章聲琳球漢司馬相如傳

白質黑章其儀可喜 謂言山石生澗潚追琢尚可王

公羞毛詩追琢其章金玉其相勉勉我王綱紀四方左傳隱公三年君子曰苟

有明信澗谿沼沚之毛蘋蘩薀藻之菜筐筥錡釜之器潢汙行潦之水可薦於鬼神

可羞於王公文選左太冲蜀都賦蕡實時味王公羞焉 感子佳意能

無酬杜子美詩十觴亦不醉感子故意長 反將木瓜報珍投

毛詩投我以木瓜報之以瓊 豈如富貴在詩 何取償

拾無遺 富至僑於

記孔

夫又上……我獨

不得倄出……於子管……慎勿浮

發憤忘食樂以忘憂論語發憤忘食樂以忘憂不知老之將至云爾

九日遊仲屯田為大水所隔以詩見寄次其韻

無復龍山對孟嘉晉孟嘉傳為桓温參軍九月九日温宴龍山有風至吹嘉帽落

西来河伯意雄夸莊子秋水篇秋水時至百川灌河河伯欣然自喜以天下之美為盡在已

霜風可使吹黃帽杜子美詩羞將短髮還吹帽蜀方言舟人黃帽取土勝水也

樽酒那能泛

浪花杜子美詩纜侵隄柳繫幔卷浪花浮漫遣鯉魚傳尺素文選古樂府客從遠方来遺我雙鯉魚呼兒烹鯉魚中有尺素書却將燕石報瓊華毛詩尚之以瓊華乎而闕子宋之愚人得燕石梧臺之東歸而藏之以為大寶何時得見悲秋老杜子美九日詩老去悲秋強自寬興来今日為君歡醉裏題詩字半斜杜子美詩作詩呻吟內墨淡字欹傾

[illegible]　日既立

下河流[illegible]故道[illegible]之喜甚庶幾可

塞乎乃作河復詩歌之道路以致民願而

迎神休蓋守土者之志也

君不見西漢元光元封間河決瓠子二十

年鉅野東傾淮泗滿楚人恣食黃河鱣萬

里沙回封禪罷初遣越巫沈白馬河公未

許人力窮薪芻萬計隨流下漢孝武帝紀元封二年祠

泰山至瓠子臨決河命從臣將軍負薪寘
河隄作瓠子之歌溝洫志孝武帝元光中
河決瓠子東南注鉅野通於淮泗上使汲
黯鄭當時興人徒塞之輒復壞後二十餘
年歲因以不登上既封禪巡祭山川其明
年乾封少雨乃使汲仁郭昌發卒數萬塞
瓠子決河於是上以用事萬里沙則還自
臨決河湛白馬玉璧是時東郡燒草以故
薪柴少而下淇園之竹以為楗帝悼功之
不成作歌曰皇謂河公兮何不仁又曰河
公許兮薪不屬卒塞瓠子築宮其上名曰宣防吾君仁聖如帝堯
神爰臨河社隋禮記禮行於社而百神受職焉劉禹錫平齊行
吾師下汴京史記漢高
詩北

[illegible]

[illegible]圖竹楚人

湘河汾仰[illegible]樓[illegible]亭 柳子厚詩 灃頭[illegible]

村[illegible]成於亂
浮槎在高樹

登望谼亭

此詩墨蹟乃欽宗東宮舊藏今在魯文清家宿嘗刻石餘姚縣治東坡題云僕在彭城大水後登望谼亭偶留此詩已而忘之其後徐人有誦之者徐思之乃知其為僕詩也集中無之以入河復詩後

河漲西来失舊洲孤城渾在水光中忽然歸壑無尋處千里禾麻一半空

韓幹馬十四疋

二馬並驅攢八蹄（毛詩並驅從兩肩兮）二馬宛頸騣尾齊一馬任前雙舉後（韓非子伯樂教二人相踶馬相與之簡子廐觀馬一人舉踶馬其一人從後而循之三撫其尻而馬不踶此自以為失相子非失相也此其為馬也踒肩踶馬舉後而任前踵膝不可所以[illegible]國葉楚客謂君曰昔與[illegible]身[illegible]伯樂

主……官

居通馬語 三元

浮樓藥……音糸養馬 月旅馬桐遠聲田……第岸謂其御

曰佔放馬自盼其御曰以知之曰罵此 轅中馬曰蹇以馬亦罵之曰盼其御不信

徃視之竟盼馬也北夢瑣言淅人劉三復 能記三生事三曾為馬為常患渴望驛而

嘶傷其蹄則連心痛後乘馬過磽确地 必為緩轡有石必去之其家不施門限後

有八疋飲且行徹流赴吻若有聲晉佛圖 澄傳泫

然徹 流 前者既濟出林鶴後者欲涉鶴俛啄

漢東方朔傳凥益 高者鶴俛啄也 最後一疋馬中龍不嘶

不動尾搖風杜子美丹青引斯須九重眞龍出一洗萬古凡馬空又天育驃騎歌是何意態雄且傑駿尾蕭梢朔風起盧仝詩東方蒼龍角插戟尾搖風

韓生畫馬眞是馬蘇子作詩如見畫世無

伯樂亦無韓此詩此畫誰當看

有言郡東北荊山下可以溝畎積

水因與吳正字王戶曹同往相視

以地多[illegible]不果遂[illegible]程丈山山

[illegible]或云宋司

俱手足 [illegible] 一 把 [illegible] 汕 [illegible]

多是 [illegible] 下一 [illegible] 有河 奔流一

瞬卷 [illegible] 四 [illegible] 於 [illegible] 心 [illegible] 古 [illegible] 之源 李太白詩黃

下 天上來奔 [illegible] 流到 [illegible] 不復回 [illegible] 紀智伯初圍趙 戰國策智

子攻趙襄子走晉陽圍而灌之城不浸者三版 猶有張湯欲漕斜

漢溝洫志有上書欲通襃斜道及漕事下御史大夫張湯言襃水通沔水斜水通渭

皆可以行船漕上以為然拜湯子卬為已漢中守發數萬人作襃斜道五百餘里

坐遷踈來此地分將勞苦送生涯 杜子美江畔獨

步詩應須美酒送生涯 使君下策〻具堪笑 漢溝洫志待詔賈讓

言治河有上中下策若乃繕完故堤增卑倍薄勞費無已數逢其害此最下策也

隱隱轔雷響踏車

茫茫清泗遶孤岑九域志徐州泗水今呼清河歸路相

將得暫臨試著芒鞋穿犖确元微之詩竹杖芒鞋稱野情韓退之山石詩山石犖确行徑微

更然松炬照幽深南史顧歡傳好[illegible]而貧夕則然松節讀書宋謝靈[illegible]山居賦窮窕幽深寂漠虛遠縱令

[illegible]丁[illegible]記子邑方家見杜司馬[illegible]不成夫子

[illegible]愈也郭緣之東北

攻[illegible]

岀山……戶

頭譯詩然叶識此時情

仙……文章……詞

怯丑策干先皇漢書望之傳策甲科為郎射珠簾

翠幄分兩廂西京雜記漢昭陽殿織珠為簾風至則鳴如珩珮之聲文選左太沖吳都賦藹藹翠幄王文考靈光殿賦西廂踟躕以閒宴東序重深而奧祕注爾雅曰東西廂謂之序紫衣中使下傳詔後漢宦者張讓傳凡詔所徵求皆令西園騶密約敕號曰中使跪奉冉冉聞天香仰

覩眩晃目生暈但見曉色開扶桑楚辭九歌暾將

出兮東方照吾檻兮扶桑迎陽晩出步就坐絳紗玉斧

光照廊野人不識日月角朱建平相書額有龍犀入鬢左

角日右角月有者王天下唐唐儉傳高祖嘗召訪之儉曰公日角龍庭姓協圖讖係

天下望久矣彷髴尚記重瞳光春秋元命包舜重瞳子漢項羽

傳舜重瞳子項羽又重瞳子豈其苗裔邪三年歸來眞一夢橋

山檜凄風霜史記黃帝崩葬橋山天容玉色誰敢

[illegible]古寺[illegible]月文選延年贈王太[illegible]人居[illegible]

年[illegible]志

委王

卜入
也菴泛巳盡
毛皿汎士衍作一詢叔元之傳布君子白
好□酒晉墓古杜□嚴貽阮隱居詩自益毛髮古虎臣立付冠劒
長毛詩矯矯虎臣平生慣寫龍鳳質唐太宗紀龍鳳之姿天日一
之表肯顧草間猿與麞平都人踏破鐵門限文房
四譜隋僧智永善書人求題頭門限穿穴乃以鐵葉裹之號鐵門限黃金白
璧空堆床史記虞卿傳說趙成王一見賜黃金百鎰白璧一雙爾來
摹寫亦到我謂是先帝白髮郎漢武故事上至

郎署見一郎須鬢皓白姓顏名駟文帝時為郎不須覽鏡坐自了

明年乞身歸故鄉杜子美詩上疏乞骸骨黄冠歸故鄉歐陽永叔歸田四時樂詩乞身當及強健時漢項籍傳富貴不歸故鄉如衣錦夜行

哭刁景純

刁景純名約丹徒人少卓越有大志刻苦學問能文章始應舉京師與歐陽永叔富彥國聲[illegible]嘉高下及與永叔同僊[illegible]時宋[illegible]獻公[illegible]能知及[illegible]敏子旨中宣

耆爲
宗有
相□
非□
不與
家果用居旨試
畱言正辭毅然有不可
物奪之邑其在寵祿之際泊如
也故屈於爲郎施不大耀士
文歎惜而去也不嘗以爲恨
好急人之難海內之人識與
不識多歸之不治產業賓客
故人常滿其門尊酒燕娛無
虛時人重義輕施有古人之風
年八十四屬疾王左丞和甫
守潤性問爲隱几笑語如平
時和甫登車已逝矣妻江先
景純一年卒東坡此詩形容

其平生略盡云

讀書想前輩杜子美詩前輩聲名人埋沒何所得每恨生不

蚤紛紛少年場漢尹賞傳長安歌曰安所求子死桓東少年場文選

樂府鮑明遠結客少年場猶得見此老此老如松栢不

受霜雪槁直從毫末中自春到合抱老子合抱

之木生注毫[illegible]弦前之近日杜子美古柏行古來凡材大難為用後漢侯

霸傳鑰[illegible]罢軍者無[illegible]用[illegible]叟[illegible]石月[illegible]亭始晉

珩傳[illegible]椎郡曰[illegible]日三正始

級應[illegible]乃卑

如程

魚之 九薄 子反 之而

不㬋 則去 前年後□□□考 之詩 對南

扣門無晨夜 孟□昏暮叩人之門戶漢 表盡傳且纔急久而有一

旦如門不以親為解不以在亡 為辭天下所望獨季心剔益 百過迹未

掃 杜子美詩百過落鳥紛後漢范滂傳掃 迹斤逐杜子美贈李白詩山林迹如掃

但知從德公 襄陽記司馬德操詣龐德公 令其家速作黍曰徐元直當

來就我與 德公談 來省龐丘嫂 漢楚元王傳高祖 微時與賓客過其

丘嫂食嫂厭叔與客來陽 為羹盡轑釜客以故去 別時公八十後

會知難保文選謝惠連雪賦怨年歲之易暮傷後會之無因昨日

故人書連年喪翁媼東坡云景純妻先亡楊雄方言周晉秦隴謂父曰翁漢高祖紀注媼女老稱也

傷心范橋水潤州范公橋以文正公得名

漾漾舞寒漪草堂不見人文選嵇叔夜琴賦華堂曲宴劉禹錫讀張曲江集詩鶴歸不見人

瘦馬空戀皁晉宣帝紀蔣濟關柏軻出奔曹爽曰智囊往矣帝曰駑馬戀棧豆必不能用楊雄方言梁宋齊楚之間謂櫪曰皁

我次江[illegible][illegible][illegible]詩[illegible][illegible]李太白[illegible]

賀監許舉[illegible]

[illegible]呂懷

[illegible]說明

沈銘…

圖菜

荅呂梁仲屯田

亂山合沓圍彭門（文選沈休文鍾山詩合沓共隱天參差二相望）官居獨在縣水村（公自註云縣水村呂梁地名莊子達生篇孔子觀於呂梁縣水二十仞流沫四十里）居民蕭條雜麋鹿（漢揚雄羽獵賦蕭條數千里外）小市冷落無雞豚（杜子美詩小市常爭米白樂天琵琶行門前冷落鞍馬稀）黃河西來初不覺但訝清泗流奔渾（九域志徐州泗水今呼為清河）夜聞沙岸鳴甕

知音純
篇妙閩

盎韓退之詩餘瀾怒不已喧聒鳴甕盎曉看雪浪浮鵬鶤孟東

野詩寒江浪起千堆雪莊子逍遥游北

冥有魚其名爲鵾化而爲鳥其名爲鵬呂

梁自古喉吻地漢嚴延年傳河南天下喉咽地顏師古曰言其所在

襟要如人體之有喉咽也萬頃一抹何由吞漢司馬相如子虛賦

吞雲夢者八九坐觀入市巷閭井後漢陳蕃傳不敢尸祿惜生坐

觀成敗吏民交盡餘尊漢王尊傳爲東郡太守河水盛溢泛

浸瓠子金隄走文沈白馬祀水

神河伯請以身填金

隄因一至

齊卻還

茅柹[illegible]

梧之月土父[illegible]庭[illegible]留[illegible]痕

入城相[illegible][illegible]然秉燭杜詩夜闌更秉燭相對如夢寐我

亦僅免為魚鼈左傳昭公元年劉子曰微禹吾其魚乎旋呼

歌無雜談笑不惜歡醑空餅盆禮記盛於盆尊於餅

杜子美遣田父泥飲詩叫父開大餅盆中為吾取念君官舍冰雪

冷白樂天司馬廳詩官曹冷似冰新詩美酒聊相溫文選張茂

先答何劭詩良朋貽新詩示我以游娛又古詩不如飲美酒被服素與紈人生

如寄何不樂文選魏文帝樂府苦哉行人生如寄多憂何為任使

絳蠟燒黃昏杜牧詩絳蠟猶封繫臂紗楚辭屈原離騷曰黃昏以為期

宣房未築淮泗滿漢溝洫志武帝塞瓠子築宮其上名宣房上作瓠子歌曰齧桑浮兮淮泗滿

故道堙滅瘡痍存史記季布傳瘡痍未瘳

明年勞苦應更甚我當畚鍤先黔髡

付吾萬指伐頑石漢食貨志注指則手指百千鎚雷動

蒼天根高戒如纖[illegible]洪口快杜子美詩大[illegible]纖不[illegible]談

笑却掃[illegible]文選江淹恨賦[illegible]閉關却掃弘[illegible]詩却掃

文選[illegible]平[illegible]祖漢食貨志失時

折[illegible]

石[illegible]文[illegible]

儀[illegible]詔大[illegible]就[illegible]局
人翠[illegible]褐[illegible]傳諸姐[illegible]館在
華[illegible]宮[illegible]垢[illegible]幸[illegible]偏[illegible]不貫
計出有賜曰路返有勞曰狀傷妃外
[illegible]出有錢[illegible]
還有軟脚
為君擊鼓行金樽
毛詩擊鼓
其鏜漢叔
孫通傳觴九行文選謝靈
運石門詩清醑滿金樽

張寺丞益齋

張寺丞名恕字忠甫父樂全
先生文定公字安道東坡嘗
為忠甫作字說元祐間擢將
作監丞誥詞載子由文集後
進文定在翰林日英宗立
神宗為太子手札除直秘閣

知齋

州

張子作齋舍而以益為名吾聞之夫子求

益非速成論語非求益者也欲速成者也譬如遠游審日

夜事征行今年適燕薊明年走蠻荊毛詩蠻荊

秦歲來觀盡滄海西涉滑與涇歸來閉户坐

人方在新[illegible]前漢律歷志孟[illegible]方於八荒又如學醫人

識之病由說王一川[illegible]焉得偶作詩性病之請[illegible]風毋明淫

陰左傳昭公[illegible]天有六氣淫生[illegible]分為四時序言五[illegible]氣曰五節過

[illegible]疾陽淫熱疾[illegible]

二……析……其……共……此

之也……在其情也……于前啟勢

榮枯在其色善[illegible]在其形苟能[illegible]下人溪蓋

元饒傳許彷入家覺饒卯公言魏曰此如傳舍所閱多矣唐房元齡傳高孝基曰僕閱人多矣未有如此郎者望見知死生史記扁鵲傳扁鵲望見桓侯而走退桓侯使人問故扁鵲曰疾在骨髓雖司命無奈之何臣是以無請也後五日桓侯體病遂死為學務日益此言當自程為道貴日損此理在既盈老子為學日益為道日損毛詩朝既盈矣顧言書此詩以為益齋銘

荅孔周翰求書與詩

身閑曷不長閑口史記張儀傳顧陳子閉口無復言天寒正好深藏手吟詩寫字有庋忙韓退之寄白舍人詩有底忙時不肯來未脫多生宿塵垢不蒙譏訶子厚矣柳子厚荅崔黯書凡人好辭工書皆病癖也吾不幸蚤得二病學道以來日思砭鍼攻熨不能去之願斯須忘之而不就吾子不如思易吾病不亦咸乎

反更刻意[illegible]臨[illegible]謂頡曰宋廣觀

白何乃刻[illegible]塩虐[illegible]前[illegible]之曾[illegible]後[illegible]履

[illegible]書

之[illegible]白[illegible]

室[illegible]瘦生樵為[illegible]何去[illegible]

日東風待得[illegible]後談一百

獻之後那詞[illegible]孔章子[illegible]原君與子高次盧子高酒日昔有遺讀

堯舜千鍾孔子百觚子路嗑嗑尚飲

百榼古之賢聖無不能飲子何辭焉

送李公恕赴闕

李公恕時為京東轉運判官召赴闕公恕一再持節山東

東坡詩中見之子由亦有詩送行云幸公四年持使節按

行千里長相見

君才有如切玉刀列子湯問篇周穆王征西戎西戎獻錕鋙之劒用之切玉如切泥焉東方朔十洲記亦云見之凜凜寒生毛願

隨壯士斬蛟蜃漢樊噲傳項羽曰壯士賜之巵酒呂氏春秋荆有佽飛者得寶劒於干江渡中流兩蛟繞舟佽飛拔劒赴江刺蛟殺之不願腰

間纏錦條用違其才志不展音殷浩傳桓温曰浩有德有言向使作令僕足以儀刑百揆朝廷用違其才耳與胥吏同疲

勞周禮[illegible]上[illegible]之鄴城[illegible]城上

未聞[illegible]一人[illegible]

一

酒[illegible]杯[illegible]嘉遨文選江文

曰訓各分[illegible]留京師左以[illegible]月

通[illegible]賦脫[illegible]犯跌宕文史盡壞屏障之內外晉阮籍傳為東

平相壞府舍屏障使內外相望但呼騎曹為馬曹晉王徽之傳為桓沖騎兵參軍沖問卿署何曹對曰似是馬曹君為使者見不問

反吏對飲持雙螯漢書曹參傳相舍後園近吏舍吏舍日飲歌呼從吏請參游後園幸召按之乃反取酒張坐大歌呼與相和晉畢卓傳常曰得酒滿數百斛舡四時甘置兩頭右手持酒杯左手持蟹螯拍浮酒舡中便足了一生矣

酒酣箕坐語驚衆史記漢高祖紀酒酣擊筑禮記坐無箕漢陸賈傳尉佗箕踞見賈文選顏延年五君詠長嘯若懷人越禮自驚衆韓退之盧仝詩怪辭驚衆謗不已雜以嘲諷窮詩騷柳子厚寄韋珩詩辭賦已復窮詩騷世上小兒多忌諱杜子美醉歌行世上兒子徒紛紛老子天下多忌諱而民彌貧獨能究我真賢真家爲我買田臨

汶水遊將何去誅逢萬[illegible]遊將去汝杜[illegible]詩抝[illegible]

誅萬菴多能於在[illegible]和桔槔

[illegible]則[illegible]子[illegible]

[illegible]

苣 [illegible]

香薺[illegible]酒初消

春睡起細[illegible]畦[illegible]芳辛[illegible]陳甘菊不負

菜鱠縷堆盤纖手抹杜子美立春詩菜傳纖手送青絲比

方苦寒今未已雪底波稜如鐵甲劉禹錫嘉話菜之波稜者本西竺國僧自波陵國將其子來如苜蓿因張騫而至也豈如吾

蜀富冬蔬霜葉露牙寒更茁久拋松葛猶

細事漢黃霸傳非細事也苦筍江豚那忍說明年投

劾徑須歸後漢傳閔仲叔應侯霸之辟旣至霸不及政事仲叔恨之遂辭出投劾而去莫待齒搖并髮脫韓退之祭十二郎文吾年未四十而視茫茫而髮蒼蒼而齒牙動搖自今年來蒼蒼者或化而爲白矣動搖者或脫而落矣又齒落詩餘在皆動搖盡落應始止

送鄭戸曹鄭戸曹名僅多城人事見十四卷送鄭[illegible]之官人名[illegible]

此詩送[illegible]

[illegible]樂[illegible]有[illegible]

四[illegible]西[illegible]虔傳之 食常不足[illegible]廣文館

以虔為博士號鄭廣文官貧約杜甫甞贈以詩曰才名四十年坐客寒無氈

東歸不避花時節開盡春風誰與妍

虔州八境圖八首 并序

南康八境圖者太守孔君之所作也君既作石城即其城上樓觀臺榭之所見而作是圖也東望七閩南望五嶺覽羣山之參

差俯章貢之奔流雲煙出沒草木蕃麗邑
屋相望雞犬之聲相聞觀此圖也可以茫
然而思粲然而笑慨然而歎矣蘇子曰此
南康之一境也何從而八乎所自觀之者
異也且子不見夫日乎其旦如盤其中如
株其夕如破璧此豈三日也哉苟知夫境
之為一也則凡寒暑朝夕雨[illegible]明之異
坐作行立[illegible]

怪禹言[illegible]賦

雖至萬夫有不一者也後之[illegible]子必將

有感於斯焉乃作詩八章題之圖上

坐看奔湍一作灘遶石樓使君高會百無憂漢項籍傳宋義遣其子襄相齊身送之無鹽飲酒高會三犀竊鄙秦太守華陽國志秦孝文王時李冰為蜀守作石犀牛以壓水精穿石犀谿於江南岸杜子美石犀行君不見秦時蜀太守刻石立作三犀牛八詠聊同沈隱侯婺州圖經八詠樓在州南碑宋沈約文南史沈約傳謚曰隱集中有

東陽八詠

濤頭寂寞打城還 劉禹錫詩山圍故國周遭在潮打空城寂寞回

章貢臺前暮靄寒 南康記贛縣東南山有臺方數丈有自然霞如屋形

勸客登臨無限思 楚詞宋玉九辯登山臨水兮送將歸鮑照樂府勸客惡離聲杜子美蔡州詩登臨木消憂李太白清平調解釋春風無限恨

孤雲落日是長安 李太白詩長空去鳥沒落日孤雲還

白鶴山前翠作堆 嶺雲[illegible]開故人

應在之山 寄[illegible] [illegible]州記[illegible]

歸時灑 漢[illegible]郎[illegible]皆[illegible]

樵漁人去事 楚辭漁父原乃[illegible]暮鬻竜歸何[illegible] 溥皇[illegible]谿青峰

遶螺亭 寰宇記昔有貧女萛宿直採螺是衆螺張口取其肉殺女死因葬水旁其冢化為巨石號曰螺亭石山在贛縣東南二十里

使君那暇日參禪一望叢林一悵然 大莊嚴論如是衆僧者乃勝智叢林一切諸善行運集在其中

成佛莫教靈運後 南史謝靈運傳會稽太守孟顗事佛精懇而為靈運所輕嘗謂顗曰得道應須慧業丈人生天當在靈運前成佛必在靈運後

著鞭從使祖生先

晉劉琨傳與祖逖為友聞逖被用與親故書曰吾枕戈待旦志梟逆虜常恐祖生先吾著鞭

却從塵外望塵中無限樓臺煙雨濛杜牧之江南春詞南朝四百八十寺多少樓臺煙雨中毛詩零雨其濛山水照人迷向背唐皇甫冉雲詩山川迷向背風霧失旌旗只尋孤塔認西東

從雲縹緲霽孤臺文選王文考魯靈光殿賦忽縹緲以響像嶺

三峰亂峙聳參差劉禹錫詩雙檣著然古貌奇含煙吐霧聳參差

雲外高人世得知誰向空山弄明月山中

木客解吟詩徐鉉帖云鄱陽山中有木客自言秦時造阿房宮者食木

實遂得不死時就民間飲酒為詩一章云酒盡君莫沽壺傾我當發城市多囂塵還

山弄明月顧況集亦云南康記贛縣東南山上有臺風雨之後景氣明淨頗聞山上

鼓吹聲即山都木客吟唱也

南康江水歲歲壞城孔君宗翰為守

始作石城至今賴之軾為膠西守孔
君實見代臨行出八境圖求文與詩
以遺南康人使刻諸石其後十七年
軾南遷過郡得遍覽所謂八境者則
前詩未能道其萬一也南康士大夫
相與請於軾曰詩文昔嘗刻石或持
以去今亡矣願復書而刻之時孔君
[illegible]其請　紹聖元年八月十
[illegible]

夜讀孟郊　一如牛　[illegible]美述古書 余時任商鞅法 牛毛
如 寒燈照昏花佳處時一遭孤芳擢荒
穢苦語餘詩騷韓退之憶昨行 辭苦語感我耳 危 水清石
鑿鑿古樂府豔歌行水清 自見毛詩白石鑿鑿 石 湍激不受篙
初如食小魚所得不償勞又似煮彭蠏竟
日嚼空螯要當鬭僧清未足當韓豪唐書 云韓
愈一見孟郊為忘形交賈島亦韓門弟 子島初為浮屠名無本皆附愈傳云 人
生如朝露漢蘇武傳李陵謂武曰人 生如朝露何至自苦如此 日夜

火消膏漢董仲舒傳積惡在身猶火消膏而人不見何苦將兩

耳聽此寒蟲號不如且置之柳子厚法華西亭詩置之勿復道且寄須臾閑飲我玉色醪後漢張衡思玄賦噏青岑之玉醴

我憎孟郊詩復作孟郊語饑腸自鳴喚空

壁轉飢鼠詩從肺腑出出輒愁肺腑有如

黃河魚出膏以自煮。愛銅斗歌鄙俚頗

[illegible]古挽引對驪罷。[illegible]舞不夏憂踏舡

假下 淡公詩銅斗飲平歌。娘是品

明 舞[illegible]

中　吳　北　人

吳姬　白紵（李太白云之　楚曲諸侯）

（水明素足　有　北女詞耶溪女如雪　一女郎霧）嫁與踏

浪兒不識離別苦歌手江湖西感我長[illegible]

旅（東野詩數年伊洛同一旦江湖乖江湖　有故莊小女啼喈喈又惡謝邊遲擬應　場詩一旦逢出　難論薦常羈旅）

訪張山人得山中字二首

魚龍隨水落（杜子美詩水落魚龍夜）猿鶴喜君還（文選孔稚珪北山移文蕙帳空兮夜鶴怨山人去兮曉猿驚）舊隱丘墟外

晉桓溫神州陸沈百年丘墟新堂紫翠間杜牧之蚤春閣下詩千峯

橫紫翠雙闌凭欄竿野麋馴杖屨禮記侍坐於君子君子欠伸撰杖屨

幽桂出榛菅韓退之雪後寄崔二十六丞公詩豈念幽桂遺榛菅灑掃門

前路毛詩於粲灑掃山公亦愛山韓退之詩公乎吳愛山東坡云

張故居上水府壞新下此室故名之東

萬木鏁雲龍天留興公南史戴顒傳顒常遊京口

[illegible]嶋石竹[illegible]舍文[illegible]於[illegible]之謂張敷[illegible]迎之[illegible]宅[illegible]下後京嗚山成

[illegible]上[illegible]坐南冉雪詩[illegible]山川之向

[illegible]句[illegible]

晚屏……城春一言

日酩醉眠中

送孔郎中赴陝郊

孔郎中名宗翰與先生東武為代李末見十一卷次韻孔郎中荊林馬上見寄詩注此詩有使君未不自古徐州之句疑其自密移陝過徐州與先生會也

鷙風擊面黃沙走文選曹子建詩鷙風飄白日忽然歸西山漢衛青傳大風起砂礫擊面

西出崤函脫塵垢文選賈誼過秦論秦

孝公據崤函之固崤謂二殽函謂函谷關使君來自古徐州聲

震河潼殽關右十里長亭聞鼓角庾信哀江南賦

十里五里長亭短亭王道珪注云秦制五里一亭十里一亭吳兢樂府古題要解橫

吹曲有鼓角唐樂令諸道行軍給鼓角一三萬人以上給十四具鼓二十四面

川秀色明花柳李太白寄[illegible]參軍詩一谿[illegible]入[illegible]十[illegible][illegible]明北臨

飛檻卷黃流韓文公黃流[illegible]用望[illegible][illegible][illegible]峴首

崔浩云峴山在[illegible]東襄陽下臨漢合淥水翻

[illegible]萬酉[illegible]斗[illegible][illegible]大

詩佢逢廿

後漢班固 以史記張 言

與梁左藏 宗

將軍破賊自草檄 黄[illegible]盧 請[illegible] 粹[illegible]年 公比 詩史

昔濟傳嘗請六曰稽上磨墨作檄文 會論詩說劍俱第一 杜子

美詩為先欲論詩莊子有說劍篇 彭城左守本虛名 文選古詩

虛名復何益 識字劣能欺項籍 漢項籍傳少時學書不成去季

父梁怒之籍曰書足記姓名而已孟郊詩小溪劣容舟 風流別駕貴

公子 晉樂廣傳天下言風流者王樂為稱首晉庾亮與郭遜書別駕任居刺史

之半嵇康傳潁川鍾會貴公子也 欲把笙歌暖鋒鏑 白樂天送

三兄詩少年曾管二千兵晝聽笙歌夜斫營 紅旆朝開猛士譟

白樂天溫尚書莊詩白石清泉抛濟口碧油紅旆照河陽漢高祖紀安得猛士兮守

四方左傳哀公十七年越子為左右句卒鼓譟而進 三千帷幕卷佳人

出 柳子厚渾鴻臚宅聞[illegible]詩翠帷雙卷出傾城漢外戚傳北方有佳人絕世而獨

五 東堂醉臥呼不知 鳥落[illegible][illegible]寂寂 維[illegible]

七 落花寂寂啼夫白文雜叫樂府 日渡[illegible]人李才落花寂寂寂

青苔六 月[illegible]遇[illegible][illegible]人

寒年東

衣今夜

參增詩……究

發微……精本……所之疑其較

䈁……詔也

寒食日荅李八拾遺

從來蘇李得名雙 唐蘇頲傳與李乂對掌書命玄宗曰前世李嶠蘇味道文擅當時號蘇李今得頲及乂何媿前人共□ 恐全齊笑陋

邦詩似懸河供不辨 世說郭子玄語議如懸河瀉水注而不竭唐王勃傳張說評楊炯曰文如懸河不竭韓退之石鼓歌願借辯口如懸河 故

欺張籍隴頭瀧 韓退之病中贈張十八詩君乃崑崙渠籍乃隴頭瀧

簿書鼛鼓不知春漢賈誼傳大臣特以簿書不報期會之間以為大故周禮鼓人以鼛鼓鼓役事佳句相呼賴故人寒食德公方上冢歸來誰主復誰賓襄陽記司馬德操詣龐德公值其上先人墓呼其妻子使速作黍徐元直向云當來就我與德公談須臾德公還直入相就不知何者是客也

巡城已困塵埃眯熱仍遭[illegible]緣周禮司空抽朴莊子[illegible]僕[illegible]公十六年宋平公築臺妨[illegible]勤[illegible]者[illegible]而扶其不勉者漢[illegible]文一蟻蚤[illegible]系[illegible]臣

晉子建[illegible]公

公　嘉見第十一卷
韻　李公擇乞寄詩
註公擇　門言女名盜公擇
至痛懲艾之詣報虛日而
不少止他日得黠盜有為郡
兵使直事鈴下稍任使之因
詰其姦狀對曰此由富家為
之囊橐官吏逆捕父門禽一
人以首則免矣公擇乃令得
藏盜之家皆發屋破柱盡拔
其根株自是姦不容匿境內
遂清始公擇在江夏吳興政
尚寬簡吏民安樂之郡以大
治及為濟南頗嚴文深詆郡

亦大治由是人知其通蹟適
變所値無不可者此詩有偷
見夜探赤白丸奮髯忽逢朱
子元半年羣盜誅七百之句
蓋謂是也
先生長匡廬山陳舜俞廬山記匡俗先生殷周之際遯世隱居
廬於此山故□號匡山亦曰廬山東林李氏之房記云□公擇少年讀書於□此五老
峯下白□□擇既去山中之人指其□處□氏藏書凡□千餘卷
山中讀□□年詩云山讀□白□歸來舊聞
欽水□水由□枕矣于□然賢哉
□也漢尹□□傳□詩

勿令[illegible]乞青檀[illegible]舊

後漢[illegible]輩[illegible]學財
郭傀粉[illegible]者[illegible]使得

黑丸者[illegible]史得大[illegible]逢朱子元漢朱
白兔廿[illegible]入[illegible]博傳

子元[illegible]郡太守主[illegible]年羣從叔七百誰
奮髯抵[illegible]亂病吏[illegible]

信家書藏[illegible]十春風無事秋月閑絲粒執

樂豪且妍文選古詩娥娥紅粉粧纖纖出素手紫衣玉帶兩

部全南史孔珪傳以此當兩部鼓吹琵琶一抹四十絃潘岳

沖郡閣雅談高從晦好彈胡琴天成中王仁裕使荊渚從晦出十妓彈胡琴仁裕為

詩曰紅粧齊抱紫檀槽一抹朱絃四十條客來留飲不計錢齊

人愛公如子產韓詩外傳子產之治鄭一年而負罰之過者二年而刑殺之罪亡三年而庫無拘人故民歸之如水就下愛之如孝子敬父母左傳昭公二十年子產卒仲尼聞之出涕曰古之遺愛也兒啼臥路呼不還史記循吏傳子產治鄭死丁壯號哭老人兒啼後漢侯霸傳為臨淮尹政理有能名更始元年遣使徵霸百姓老弱相攜號哭遮使者或當道而臥曰願乞侯君復留朞年六載空留惠迹韓退之示爽詩循致留迹詩牙兵

郡吏坐邀公語無難約束官奴

負花鈿官中平千

可歸八善民

理雲

義倡反同谷歌

豈坐反清話曰…啓默來吉作東一各時公…風雨交作宋温

以詩戲周易才尊驕陽爲戾已成災頗有開遮上天無感應故交風雨一[illegible]

宋俗諺有堅值風雷值雨之說作詩媿謝公笑讓路來瑟

縮愈不安韓退之孟郊失子詩地祇爲之悲。琴縮又不安要當喫

公八百里晉王濟傳王愷以帝舅奢豪有牛名八百里駮濟以錢與牛對

射而賭之一發破的因據胡床叱左右探牛心來須臾而至一割便去豪氣

一洗儒生酸三國志魏呂布傳陳元龍湖海之士豪氣不除

坐上賦戴花得天字

清明初過酒闌珊白樂天同宴見贈詩杯盤狼籍宜侵夜風景闌珊欲還春折得奇花晚更妍春色豈關吾輩事老狂聊作坐中先醉吟不耐歌紗帽唐白居易得自號醉吟先生杜子美李尚書一句數語歌紗帽高文獻[illegible]起舞從教習酒舡史記項籍紀項莊[illegible]拔劍起舞項結習漸消留不住却須還與散花天維摩經維摩詰室有一天女見諸大人說法即以天華散諸菩薩大弟子上花至菩薩即墮至大弟子便不著天女曰結習[illegible]著[illegible]盡者花不著也

花天

夜次韻畢推官

簿書叢裏過春風漢禮樂志簿書期會酒聖詩狂且復中三國志魏徐邈傳醉客謂清酒為聖人濁酒為賢人文帝問曰頗復中聖人否邈曰時復中之紅燭照庭嘶騕褭漢書音義騕褭神馬也赤喙黑身杜子美槐葉冷淘詩願隨金騕褭走置錦屠蘇黃雞催曉唱玲瓏白樂天醉示妓人商玲瓏歌誰道使君不解歌聽唱黃雞與白日黃雞催曉丑時鳴白日催年酉時沒老來漸減金釵興白樂天酬思黯詩金釵十二行醉後空驚玉筯工東坡云畢善篆唐文粹舒元輿

玉筋篆志秦丞相斯變蒼頡籀文為玉筋篆體尚太古月未上時應

蚤散免教壑谷問吾公左傳襄公三十年鄭伯有嗜酒為窟室而夜飲酒擊鍾焉朝至未已朝者曰公焉在其人曰吾公在壑谷

註東坡先生詩卷第十三

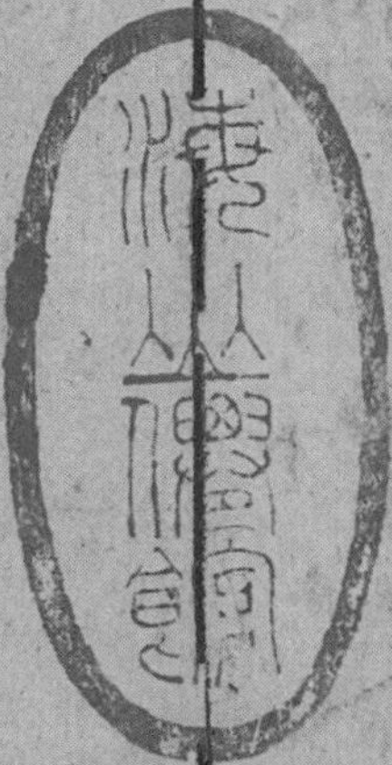

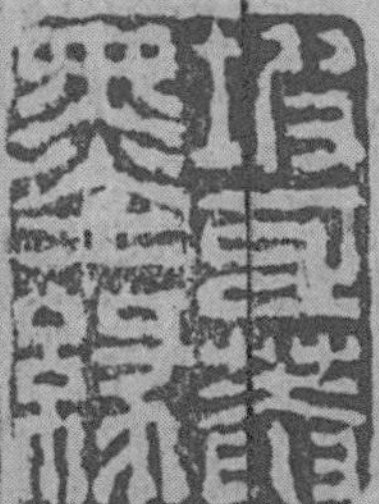

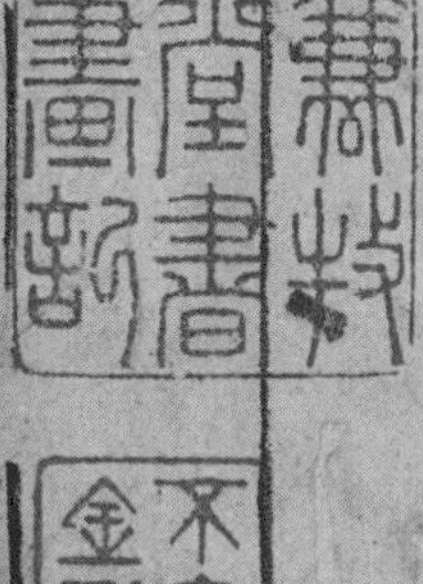

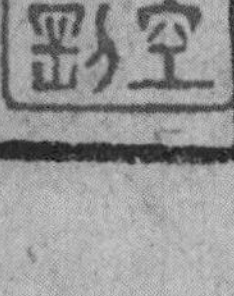
不空
金剛

言思古本亦与古人同蘇詩得宋槧以對東坡翁遥遥七百丗
萬軸秋煙空歷刦剩完壁墨寶光熊熊護持積諸老補綴煩良
零星拾殘羽薰曝驚魚蠹當年老學士磨蝎困命官蟄龍起詩
度嶺何匆匆惠州與儋耳泥爪留雪鴻今我來驅鱷妖
時年使來粵籌辦嘆夷通商善後事宜
慈天公錯非有罪謫等此窮途窮番酒葡萄綠蠻花珊瑚紅故人於
醉暫歇心忡忡復得觀此本一豁雙眸瞢維時歲癸卯斗柄方指冬东
著石琴子海山仙館中
德畬二弟出所藏宋刻蘇詩見示詩以志之即書爰廬宗兄畫竹後 黃恩彤